Von Viola Désirée Hauser

Für meinen Papa
und
für alle, die auch gern mit ganzem Herzen
lieben, leben, lachen,
träumen, freuen und sehen.

Vorwort

Wie das Meer, so ist auch mein Leben.
Es gibt Zeiten der Ebbe und Zeiten, in denen mich die Ereignisse, Gefühle und Gedanken überfluten.
Stürme wechseln sich ab mit Flauten.
Manchmal schlagen die Wellen so hoch, dass ich Angst bekomme zu ertrinken.
Manchmal dümpelt alles still vor sich hin.
Eindrücke von Geschehenem bleiben, wie Spuren im Sand. Und schon so manche Spur wurde von einer neuen Flutwelle wieder genommen.
Das Meer der Zeit gibt vieles und vieles holt es sich auch wieder.
Wenn man richtig hinschaut kann man sogar einen Schatz finden.
Am Strand des Lebens funkeln die Glücksmomente wie Bernstein. Wie Teerflecken wirken dagegen die unglücklichen Stunden.
Manche Ruhe wird von jähem Geschrei, gleich dem der Möwen, zerrissen, um wenig später wieder in einem leisen Säuseln des Windes zu verstummen.
Wie ein Leuchtturm, der zum sicheren

Hafen führt, steht mein Glaube über allem.

Er half mir schon aus so mancher Not und führte mich den Weg zum Ziel.

Seashellsecrets sind Muschelgeheimnisse.

Eine Muschel ist etwas sehr Geheimnisvolles. Fest verschlossen sieht man ihr nicht an, welches Geheimnis sie birgt und welche Kostbarkeit in ihr verborgen ist.

Wie eine Muschel, so hält auch unser Leben viele Kostbarkeiten bereit, von denen wir im Voraus nichts sehen können. In jedem Menschen, wie auch immer er äußerlich erscheinen mag, steckt eine Kostbarkeit - eine Perle.

Bei manchen sieht man sie sofort, bei manchen erkennt man sie erst später, und manch einer hütet sein Geheimnis bis zum Schluss.

Mit den Märchen, Bildern und Gedanken in „Seashellsecrets" möchte ich gerne zu einer Reise an die Nordsee, ans Meer der Zeit und den Strand des Lebens einladen.

„Vom Winde verweht"

Muschelgeheimnisse

Fest verschlossen leben die Muscheln auf dem Meeresgrund.

Manche graben sich schützend in den weichen Sand ein. Andere halten sich in großen Ansammlungen auf Felsen oder Steinen fest. Wieder andere können sogar ein Stück weit schwimmen.

Wie auch immer jede Muschel unterschiedlich zu leben pflegt, so haben sie doch alle etwas gemeinsam: Alle Muscheln haben eine harte Schale und in dieser Schale birgt jede einzelne von ihnen ein Geheimnis.

Muscheln können sehr gut Geheimnisse bewahren, denn sie verschließen ihre Schale stets so fest, dass man sie mit bloßer Hand nicht öffnen kann. Sie sind die besten Geheimnisbewahrer des Meeres.

Doch manchmal geben die Muscheln ihr Verborgenes preis.

Was das für Geheimnisse sind, wollt Ihr wissen? Nun, es sind große, wertvolle Schätze: Es sind all die Geschichten, die sich überall seit Anbeginn der Zeit im tiefen, weiten Meer zutragen.

Die Muscheln, die selbst zwar sehr schweigsam sind, lauschen den Wellen und den Meeresbewohnern. Ihre Geschichten geben sie von Generation zu Generation weiter und es kommen stets neue Geschichten hinzu.

Und manchmal, in klaren Nächten, wenn die Ebbe den Meeresgrund freigibt und das Licht des Abendsterns sich mit dem Licht des Vollmondes auf der Schale einer Muschel vereint, dann findet ein Zauber statt und die Muschel öffnet sich. Wer in jener Nacht solch eine Muschel findet und sie sorgsam behandelt, kann sich glücklich schätzen, denn ihm wird sie all ihre Geheimnisse offenbaren.

Offenheit

Freiheit

Ich atme die See,
 lausche Wind und Wellen,
finde Zuflucht für meine Seele.
Hier fühle ich mich frei. Hier lebe ich.

Schafe auf Nordstrand

Die Goldbrasse und der Fischer

Es war einmal vor langer, langer Zeit, dass sich tief unten im Meer ein großer Schwarm wunderschöner Brassen fröhlich tummelte. Ihre Schuppen waren aus purem Gold und die Flossen aus Silber und Edelsteinen.

Nun begab es sich aber, dass eines Tages einem sehr armen Fischer eine dieser Goldbrassen ins Netz ging. Der Fischer staunte nicht schlecht über diesen wertvollen Fang. "Bitte, schlag mich nicht tot. Ich will dich auch zu einem sehr wohlhabenden Mann machen", flehte die Goldbrasse, denn sie sah, welch ärmliche Kleidung der Mann trug. Der Fischer, der das Leben eines jeden Geschöpfs mehr schätzte als alles Gut und Geld der Welt, erwiderte dem Fisch: "Niemals im Leben habe ich auch nur das geringste Lebewesen getötet um mich an ihm zu bereichern. Nur was ich selbst zum Leben brauchte, nahm ich Gott dankend an. So will ich auch dir dein Leben lassen, denn für mein eigenes habe ich genug andere Fische gefangen."

So nahm der Fischer die Goldbrasse und gab sie zurück ins Meer. Wie der Fisch nun wieder das Wasser berührte und zu seinen Freunden zurückkehrte, war er so glücklich über das wieder gewonnene Leben, dass er sein Versprechen, welches er dem Fischer gab, sogleich wahr machte.

All seinen Artgenossen erzählte die Goldbrasse, was sich ereignet hatte, von der Ehrfurcht des Fischers vor allem Lebendigen und von seiner Armut. Die anderen Goldbrassen waren sehr erstaunt über die Ehrfurcht und Selbstlosigkeit des Fischers und voller Freude über die gesunde Rückkehr ihres Freundes, dass sie sich allesamt schworen, diesem armen Mann zu helfen.

Mitten in der Nacht, als der Fischer tief und fest in seiner armseligen Hütte schlief, schwammen die Goldbrassen zu seinem alten Kahn und eine jede aus dem Schwarm legte ihre goldenen und silbernen Schuppen hinein, so dass der Kahn fast zu bersten drohte. Als der Fischer am nächsten Morgen sah, wie reich er beschenkt worden war, rief er voller Freude und Dank darüber aus:

"Gott segne euch, die ihr mich so reich beschenkt habt!"

Und in diesem Augenblick fielen Sterne vom Himmel auf die Stirn einer jeden Brasse. So kam es, dass alle Goldbrassen seither einen kleinen goldenen Stern auf der Stirn tragen.

Die Goldbrassen jedoch waren glücklich darüber, dass sie helfen durften und einen Menschen gefunden haben, dem das Leben aller Geschöpfe heilig war.

„Verborgen"

Gott

Wie ein Fels in der Brandung bist Du für uns da:

standhaft, großartig, einzigartig und immer während.

Altkatholischer Theresiendom, Nordstrand

Genieße den Augenblick!

Entspannt räkeln sich Seehunde auf einer Sandbank.
Genussvoll lassen sie die Sonnenstrahlen ihre Körper kitzeln.
Welch eine Ruhe und Zufriedenheit sie doch ausstrahlen!
Gerne würde ich mit ihnen tauschen.

„Entspannung"

Neugier

Fragen suchen
Antworten finden.
Neues finden,
Hoffnung haben.
Liebe haben,
Liebe geben.
Gemeinsam suchen, finden, haben,
geben.
Gemeinsam Neues entdecken und in
Liebe
und Freude die Gier nach Neuem und
Schönem, nach Leben auskosten.
Gemeinsam Lieben,
das ist Leben!

Gezeiten

Nackt und entblößt zeigt sich mir die See von einer neuen Seite.
Staunend entdecke ich die vielen, kleinen Wunder,
die in wenigen Stunden wieder unter dem schützenden Mantel der Flut verborgen sind.

Sturmvogel

Es ist stürmisch.
Der Wind tobt und schlägt das Alte aus
den Bäumen.
Ich stelle mich in das Brausen der Luft,
halte dieser unbändigen Kraft mein Leben
entgegen,
in der Hoffnung,
dass dieser Sturm auch meine Altlasten
mit nimmt.

Möwe im Wind

Strandgut

Jeder Tag, und sei er noch so schlimm,
birgt einen Schatz.
Manchmal erscheint dieser Schatz jedoch
so klein, dass wir das Schöne durch die
Stürme des Lebens nicht sehen können.
Oft erkennen wir es zu spät,
wenn der Tag längst zur Neige ging und
das Unwetter sich gelegt hat.
Und doch ist es nie zu spät,
für dieses Geschenk zu danken.

Queller im Watt

Urkraft

Sturm gepeitscht tobt das Meer.
Riesige Wellenhände greifen alles, wonach sie fassen können.
Unbändige Natur, wild um sich schlagend.
Gewaltige Kräfte, die Altes zerstören und Neues erschaffen können.
Ich stehe am Ufer und schaue gebannt zu.
Wenn schon die Schöpfung so mächtig ist, wie mächtig ist dann erst ihr Schöpfer!

Abstand

Die Flügel ausbreiten und schweben.
Dem Alltagstrott entfliehen.
Sorglos in die Höhe steigen
und alles aus der Ferne betrachten.
Manchmal wünschte ich, ich sei ein Vogel.

Entspannung

Ich träume davon dem Wind und den
Wellen zu lauschen,
zu hören, was sie erzählen wollen
und dabei den Alltag, die Sorgen einfach
zu vergessen
und alle Last dem Meer mitzugeben,
damit es sie ganz weit davon trägt.

Bank in Norderhafen, Nordstrand

Rückzug

Die Flut hat das Häuschen einer Wellhornschnecke an den Strand getragen.
Erfreut nehme ich den seltenen Fund in die Hand und entdecke darin den kleinen Einsiedlerkrebs,
der sich verschreckt zurückzieht.
Ich betrachte ihn genauer.
Wie schützende Mauern geben die Windungen des Schneckenhauses dem kleinen Geschöpf Geborgenheit.
Ich gebe meinen Schatz dem Meer zurück und behalte ein schönes Bild im Herzen

•und den Gedanken, dass ich den kleinen Burschen ein wenig beneide.

„Rückzug"

Wie der Einsiedlerkrebs und der Nagelrochen den Hummer besiegten

Es war einmal ein großer Hummer, der sich als König des Meeres fühlte. Über alle Geschöpfe wollte er herrschen und allen erteilte er Befehle. Eines Tages begab es sich, dass ein Kabeljau ins Reich des Hummers kam.

"Kabeljau! Erweise mir die Ehre und bezahle deinen Zoll", befahl der Hummer.

Der Kabeljau sah sich den Hummer lange an und erwiderte: "Wer bist du, kleiner Hummer, dass du mir Befehle erteilst?" Da wurde der Hummer zornig und schrie: "Ich bin der König hier und wer meine Befehle missachtet, den werfe ich in mein Verließ und zerschneide ihm die Flossen mit meinen Scheren!" Der Kabeljau, der dem Hummer an Größe und Kraft weit überlegen war, besah sich die großen Scheren und es wurde ihm Angst und bange. Schließlich verneigte er sich vor dem Hummer und bezahlte seinen Zoll.

Wenig später kam ein Katzenhai, der das Reich des Hummers durchqueren wollte. "Katzenhai! Erweise mir die Ehre und bezahle deinen Zoll!" So befahl der

Hummer auch ihm. "Wer erteilt mir hier Befehle?" fragte der Katzenhai. "Ich bin der König hier", rief der Hummer herrisch, "wer meine Befehle missachtet, den werfe ich in mein Verließ und zerschneide ihm die Flossen mit meinen Scheren!"

Dem Katzenhai, der dem Hummer an Schnelligkeit und Wendigkeit weit überlegen war, wurde es mulmig, als er die großen Hummerscheren sah. Und so bezahlte auch er seinen Zoll und erwies dem Hummer die Ehre. So bekam der Hummer stets seinen Willen und häufte sich einen großen Reichtum an.

Der Kabeljau und der Katzenhai aber waren sehr verärgert über den herrischen Hummer und klagten sich gegenseitig ihr Leid. Dies bekamen der Nagelrochen und der Einsiedlerkrebs zu hören und machten sich daraus eine List. Beide waren schon sehr alt und sehr weise und boten dem Kabeljau und dem Katzenhai an, zu helfen. Diese willigten gerne ein.

Majestätisch breitete der Nagelrochen seine Flügel aus und erhob sich, begleitet vom Einsiedlerkrebs, um den Hummer aufzusuchen.

Am nächsten Tag saß der Hummer sehr

zufrieden in seiner Höhle und zählte gerade seine Zolleinnahmen, als er plötzlich einen großen Schatten wahrnahm. Schon wollte er wieder schreien, toben und befehlen, doch als er aus der Höhle trat, war nichts und niemand zu sehen.

Da hörte der Hummer eine Stimme, die ihn ansprach: "Hummer, wie mächtig bist du?"

"Ich bin hier der Herrscher über alles! Erweise mir die Ehre und bezahle deinen Zoll!" schrie der Hummer. "Wie mächtig bist du?" fragte die Stimme abermals. Der Hummer begann noch lauter zu schreien: "Ich bin der König hier und wer meine Befehle missachtet, den werfe ich in mein Verließ und zerschneide ihm die Flossen mit meinen Scheren!" Doch langsam wurde dem Hummer unheimlich zumute, denn er hörte die Stimme und sah dennoch nichts. Er schaute sich unsicher um, da erblickte er den Einsiedlerkrebs und fuchtelte drohend mit den Scheren. "Halt ein mir zu drohen", rief der Einsiedlerkrebs, " und höre dir an, was ich zu sagen habe!" Der Hummer staunte über den Mut des kleinen Tieres und gab ihm die Gelegenheit zu sprechen.

"Du behauptest, du herrschst über alles hier. Bist du auch Herrscher über Tag und Nacht?" fragte der Einsiedlerkrebs. Der Hummer erwiderte: "Ich herrsche über alles!" "Dann befiehl nun dem Tag zu gehen und der Nacht zu kommen!" Dem Hummer wurde es immer unbehaglicher, denn er wusste selbst, dass er das nicht konnte. So zog er sich in seine Höhle zurück und dachte nach. Noch während er überlegte, sprach der Einsiedlerkrebs abermals zu ihm: "Du kannst Tag und Nacht also nicht beherrschen, Hummer, doch will ich dir einen Handel anbieten: Wenn ich es schaffe, dass der Tag sich heute dreimal verdunkelt, obwohl es noch nicht Nacht ist, dann wirst du für immer am Tage in deiner Höhle bleiben. Du darfst dich nur noch nachts herauswagen, um für deinen Lebensunterhalt zu sorgen, wenn niemand mehr da ist, den du quälen kannst und dem du befehlen willst."

Der Hummer lachte über so viel Torheit, die er beim Einsiedlerkrebs vermutete, aber er ging auf das Geschäft ein. "Was will so ein kleines Tier mir, dem großen Hummer, schon anhaben? Ein Tier, das sich selbst in einem Schneckenhaus verkriechen muss, um nicht gefressen zu werden, kann niemals so mächtig sein." Und lachend machte der Hummer sich wieder daran in seiner Höhle seine Einnahmen zu zählen. Da gab der Einsiedlerkrebs dem Nagelrochen, der sich bis dahin im Kiesgrund versteckt hatte, einen Wink. Dieser breitete seine Flügel aus und schwamm dreimal ganz dicht über der Höhle des Hummers hinweg. Anschließend versteckte er sich wieder im Kiesgrund. Starr vor Schreck war der Hummer geworden und trat ängstlich aus seiner Höhle. "Einsiedlerkrebs", rief er mit zitternder Stimme, "ich sah die Nacht dreimal am Tage kommen. Nun weiß ich, dass du mächtiger bist als ich und werde meine Strafe annehmen." Und von diesem Tage an konnten alle Bewohner des Meeres wieder ohne Angst durch das ehemalige Reich des Hummers ziehen. Der Hummer aber lebte seit dieser Stunde in seiner Höhle und kam nur nachts heraus, so wie es der Einsiedlerkrebs ihm gesagt hatte.

Insel der Ruhe

Das Schiff legt an und entspannende
Freude breitet sich in mir aus.
Vorbei am rot- weißen Leuchtturm und
der alten Mühle,
führt mich mein Weg in das Reet
gedeckte Kirchlein,
das sich strahlend weiß vom blauen
Sommerhimmel abhebt.
Die kühle Luft im menschenleeren
Chorraum bringt auch die letzten hitzigen
Gedanken zur Ruhe.
Ich atme die Stille und sammle neue
Kraft.

Nordsee- Sinfonie

Leise klingt die Musik des Windes in den
vom Strandhafer geschmückten Dünen.
Das rhythmische Rollen der Wellen
verbindet sich mit dem sanften Knirschen
des Sandes.
Eigentümlich tragen die Seevögel ihre
Gesänge vor.
In der Ferne lachen Kinder.
Wie in meinem Leben, so hat auch hier an
der See alles seinen eigenen Klang.
Und doch ergibt sich im Ganzen eine
unvergessliche, harmonische und
einzigartige Melodie.

Westerhever Leuchtturm

Reichtum

Die wahren Schätze dieser Welt,
des Lebens findet nur,
wer sie auch mit dem Herzen sucht.

„Reichtum"

Wie der liebe Gott das Wattenmeer erschuf

Es war einmal, zu Anbeginn der Zeit, da erschuf der liebe Gott eine Landschaft, wie sie einzigartig ist auf dieser Welt. Berge und Täler hatte er schon so viele geschaffen in allen erdenklichen Höhen und Tiefen. Landschaften voller grüner Wälder und Wiesen, sowie heiße, sandige Flächen sind waren durch sein Wort entstanden. Wasser in vielfältiger Form - sei es als Quellen, Bäche, Flüsse, Seen oder Meere - bedeckte die Erde.

Nun kam es, dass der Herr sich Gedanken machte, wie er denn die nordfriesische Küste gestalten sollte. Etwas ganz Besonderes sollte sie werden, etwas, das es nirgendwo auf der ganzen Welt sonst gab, denn jeder Flecken der Erde war einzigartig in seiner Beschaffenheit und in seinem Aussehen.

"Wälder habe ich geschaffen und Wüsten, Berge ließ ich sich erheben und Täler grub ich, so will ich dieses Land hier einzigartig machen, in dem es weder Berge, noch

Täler, noch Wälder oder Wüsten besitzt", überlegte Gott.

Und während er so nachdachte, kam ihm ein guter Einfall und er sprach: "Platt soll alles sein, dieses ganze Land, flach und eben wie das Meer an einem sonnigen Tag, wenn kein Sturm es beherrscht. Und alle paar Stunden soll das Meer seine Geheimnisse offenbaren und sich zurückziehen, damit ein jeder sehe, welch wunderbare Schöpfung sich unter dem schützenden Mantel des Wassers verbirgt. So soll es geschehen, damit alles Lebendige der Schöpfung und ihrem Schöpfer in Ehrfurcht begegne."

So geschah es und es entstand das Wattenmeer mitsamt seiner ebenen Küste und den Gezeiten, die sich in Ebbe und Flut, dem Wort ihres Schöpfers gehorsam, abwechselten.

Gerade in diesem Augenblick hatte sich aber ein sehr neugieriger Bewohner des Meeres in der Nähe Gottes versteckt und beobachtete die Arbeit des Herrn. "Vielleicht", so dachte sich der kleine Fisch, "vielleicht kann ich ein wenig lauschen und lernen." Er hoffte das wunderbare Geheimnis der Schöpfung zu erkennen und ebenso Wunder zu tun und Gott gleich zu werden.

Da der Herr aber all seine Geschöpfe kennt und ihm auch bei seiner Arbeit keines verborgen bleibt, bemerkte er das Fischlein sofort und ließ es in seinem Versteck, um zu sehen, was es tun würde.

Nachdem alle Arbeit getan war, sprach Gott den Fisch an: "Na, hast du nun erkannt, was Du erkennen wolltest?" Der Fisch erschrak, denn er wusste nicht, dass er längst entdeckt war. "Oh Herr, ich wollte sicher nichts Unrechtes tun, aber ich dachte, ich könne etwas von dir lernen UN dir bei der Arbeit vielleicht helfen", gab er scheinheilig vor. Gott sah ihn eindringlich an und sprach: "Das Geheimnis, wie ich alles erschaffe, erlernst du nicht, Fischlein. Bei meiner Arbeit zuschauen, darfst du gerne. Und wenn ich eine Aufgabe habe, bei der du mir helfen kannst, werde ich dich leiten, sie zu erledigen. Aber erdreiste dich nie wieder, dich zu erheben und mir gleich sein zu wollen. Doch will ich dich nicht länger ermahnen, denn deine Strafe hast du bereits erhalten und deine gesamte Sippe und Nachkommenschaft mit dir. Sieh dich an!"

Da bemerkte der Fisch, dass er platt war, ebenso wie das neu geschaffene Land. Er flach wie die Küste der Nordsee, denn erinnert Euch an die Worte, die der liebe Gott sprach, während er Nordfriesland schuf: "Platt soll alles sein."

Und so kam es, dass die neugierige Flunder und all ihre Verwandten, ob sie nun Scholle oder Seezunge, Butt oder Kliesche hießen, platt und eben waren, wie das Land selbst.

Geborgenheit

Nichts gibt mehr Schutz als die Nähe des
Geliebten zu spüren, wie eine starke
Festung, gebaut aus Liebe.

Nichts gibt mehr Sicherheit, als zu wissen,
dass man immer in seinem Herzen ist.

Nichts gibt mehr Kraft, als zu fühlen, dass
seine Liebe und seine Gedanken, stets bei
mir sind, wie eine sanfte Meeresbrise.

„Liebeserklärung"

Aufbruch

Größe und Kraft überwältigen mich.
Ich stehe am Meeresstrand und kann kaum in Worte fassen, was mich bewegt.
Ich staune und schaue.
Ich suche und entdecke.
Der Abschied fällt mir so schwer, wie noch nie.
Aber ich weiß, der Tag wird kommen, an dem ich zurückkehre.
Und ich weiß, dass ich auch dann wieder staune, schaue, suche, entdecke.
Immer wieder aufs Neue.

Strucklahnungshörn, Nordstrand

Im Hafen

Sicher, wie ein Schiff im Hafen,
bin ich bei Dir, oh Gott!
Ob ich wache oder schlafe,
Du gibst mir Heim und Hort.

Strucklahnungshörn, Nordstrand

49

Schönheit

Abtauchen,
andere Welten
sehen, fühlen, erleben.
Dem Lärm entschwinden.
In stiller Freude schwerelos dahin gleiten
und Wunder entdecken,
niemand sieht sie so wie ich,
weil ich sie mit meinem Herzen sehe.
Gott, die Welt ist schön!

Strandkrabbe

Leben

Das Leben lieben,
egal was es bringt.
Die Tiefen, wie die Höhen genießen.
Eintauchen in jeden neuen Tag.
Gemeinsam, zusammen.

Lebensfreude

Liebe

Umspült von Liebe zusammen leben,
gemeinsam abtauchen in andere Welten,
tiefgründig lieben und weit unter der
Oberfläche
das Wahre miteinander finden:
Das ist Erfüllung!

Ein wenig über mich

Mein Name ist Viola Désirée Hauser. Im Oktober 1970 habe ich das Licht der Welt erblickt. Ursprünglich stamme ich aus dem Schwarzwald und bin 2005 an die Nordseeküste gezogen.

Meine Liebe zum Meer zeigte sich schon als ich noch ein Kind war. Bereits im zarten Alter von 4 Jahren malte ich mit Vorliebe Bilder mit Fischen, Leuchttürmen und Schiffen (als ich schreiben konnte, taufte ich diese alle "MS Franziska"). Die Farbe blau war stets meine bevorzugte Farbe und ich dekoriere gerne alles Mögliche mit Muscheln und Maritimem.

Ich liebte schon immer Reiseberichte und Dokumentationen über die Unterwasserwelt. So kam es also nicht von ungefähr, dass ich an die Küste zog.

Das Meer und seine Bewohner inspirierten mich zu Zeichnungen, Lyrik und Poesie.
Dies ist mein Weg, meine Gedanken und Gefühle, sowie meine Weltanschauung und Erlebnisse auszudrücken...und in jedem Text, in jeder Zeile, in jedem Wort stecken Liebe, Gefühle und ein Gebet.

Hauptberuflich bin ich Erzieherin - und dies bin ich leidenschaftlich. Menschen, vor allem Kindern zu helfen, ihr Leben und ihre Umwelt verantwortungsvoll und selbstbewusst zu gestalten, eine gesunde und selbstsichere Persönlichkeit zu entwickeln, um einen guten Weg in ein stabiles Leben zu finden, ist mir ein großes Anliegen.

Privat lebe ich mit meinen Haustieren auf der schönen Nordsee-Insel Nordstrand, wo ich im Frühling 2009 meinen kleinen Kreativshop „Das Strandveilchen" eröffnet habe.

Ich designe Glas- und Edelsteinschmuck, kreiere Wohnaccessoires, gestalte Geschenke, schaffe Kunstwerke, rufe Fantasie ins Leben...
Warum ich das alles mache?
Weil es mich mit Freude, Liebe, Leben, Fantasie, Ruhe, Ausgeglichenheit... erfüllt und unendlich viel Spaß macht...

Ihre

Viola Désirée Hauser

Herstellung und Verlag:
Books on Demand GmbH, Norderstedt
ISBN 978-3-8370-9579-1